Der Kirschbaum

Peters-Bilderbuch von Ivan Gantschev

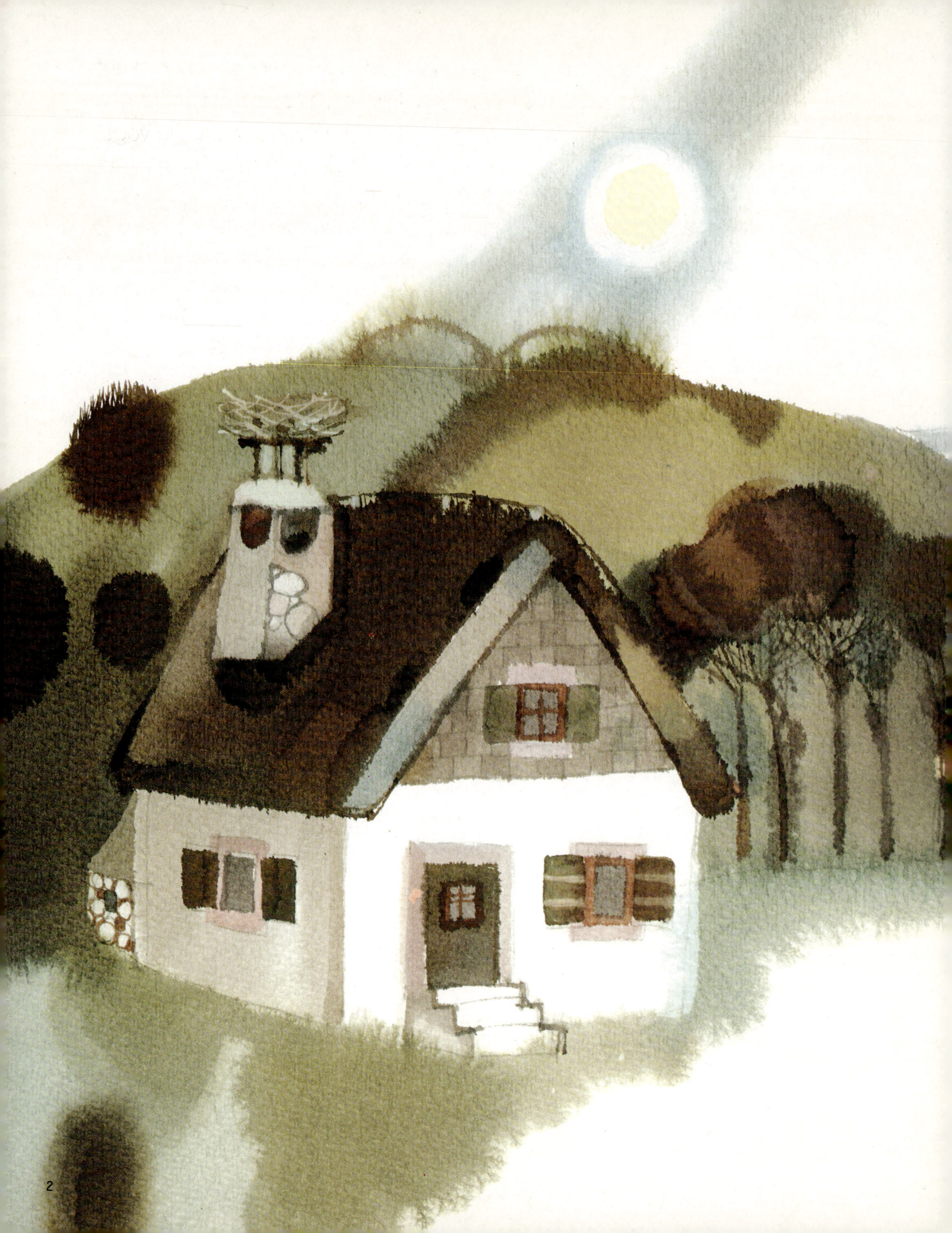

Auf den Bergen liegt noch Schnee, aber die Sonne steigt von Tag zu Tag höher am Himmel hinauf, und der Schnee fängt an zu tauen. Der Frühling kündigt sich an. Die Vögel kommen aus dem warmen Süden herbeigeflogen, und Susi freut sich, daß sie wieder da sind.

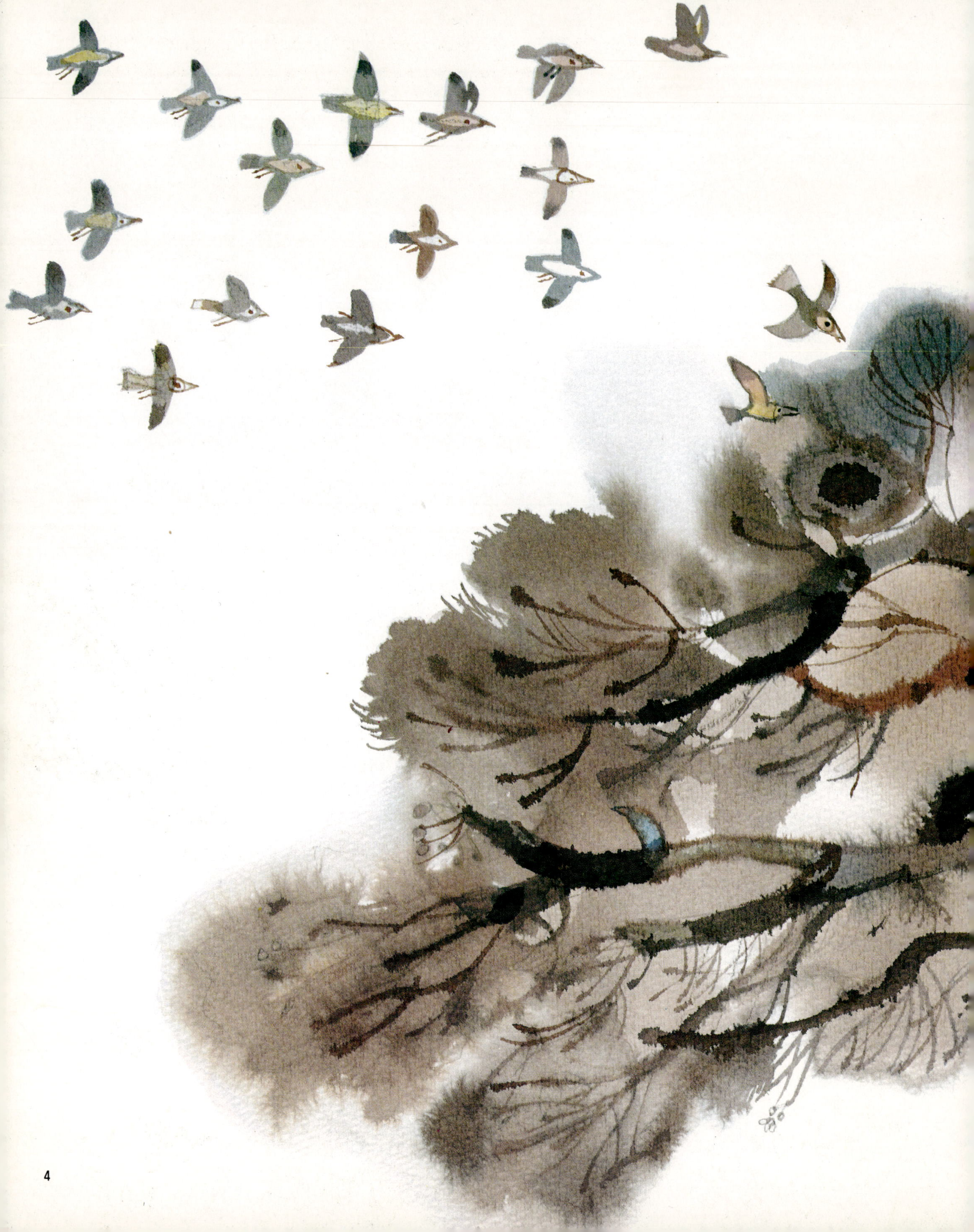

Immer mehr Vögel kommen. Aus kleinen Zweigen und welken Blättern bauen sie sich Nester. Bald werden winzige Eier darin liegen.

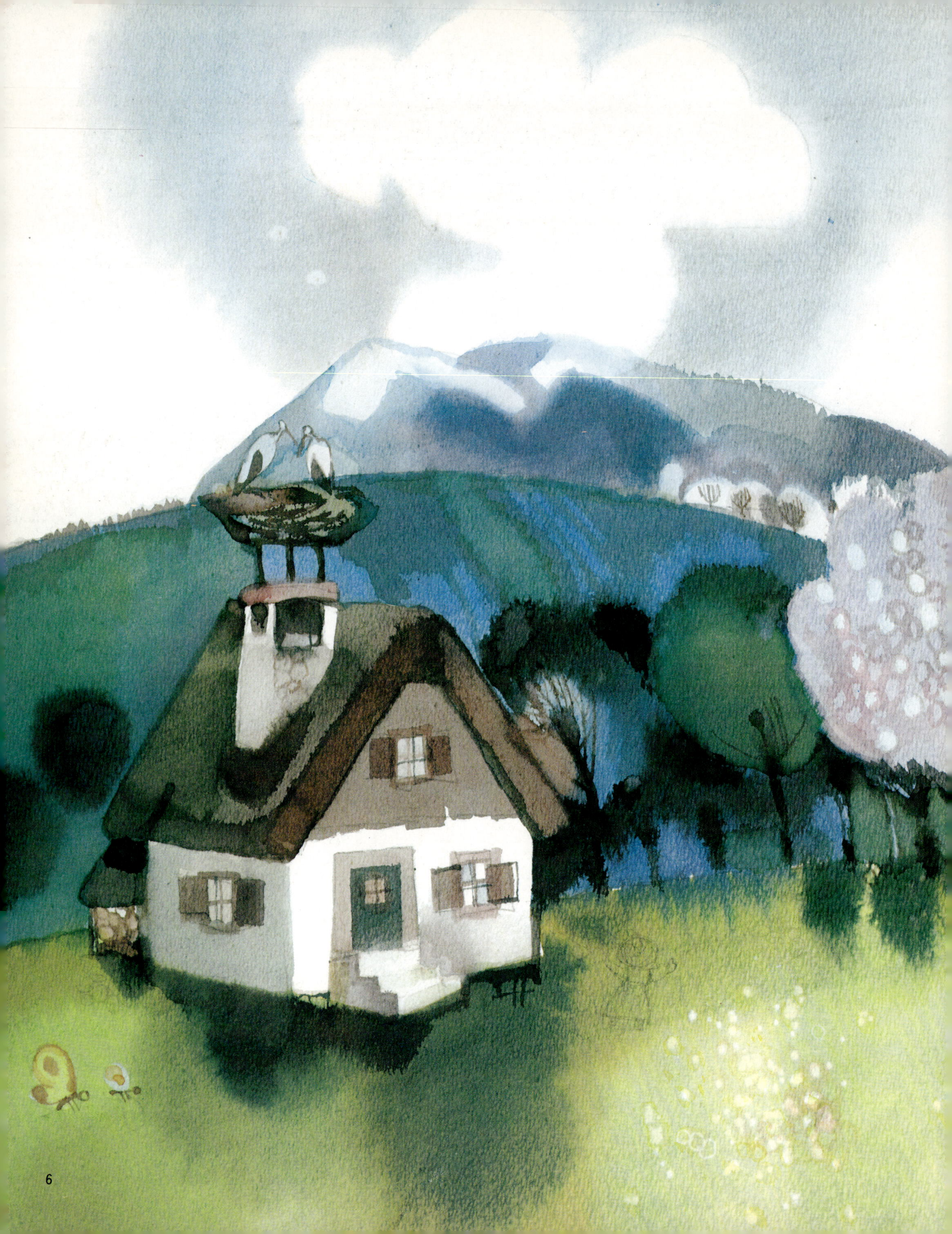

Die Bäume stehen jetzt in voller Blüte und verbergen die Nester vor neugierigen Blicken. So können die Vögel in aller Ruhe ihre Eier ausbrüten, aus denen später inmitten der Blütenpracht die Vogelkinder ausschlüpfen.

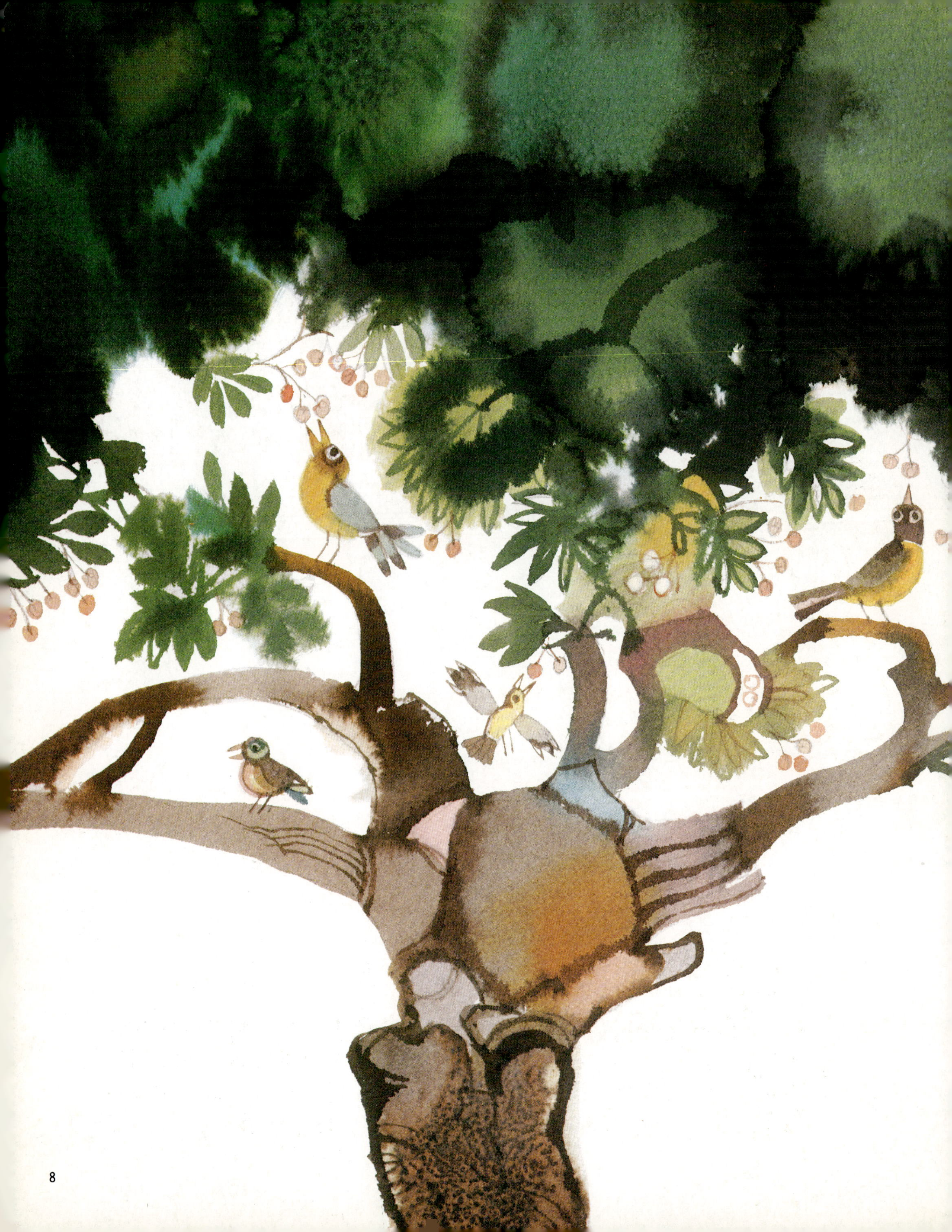

Einige Zeit danach fallen die Blüten ab, und dann dauert es gar nicht mehr lange, bis der ganze Baum voller Kirschen ist. Rot und rund hängen sie an allen Zweigen. Auch Vögel mögen die süßen Kirschen gerne.

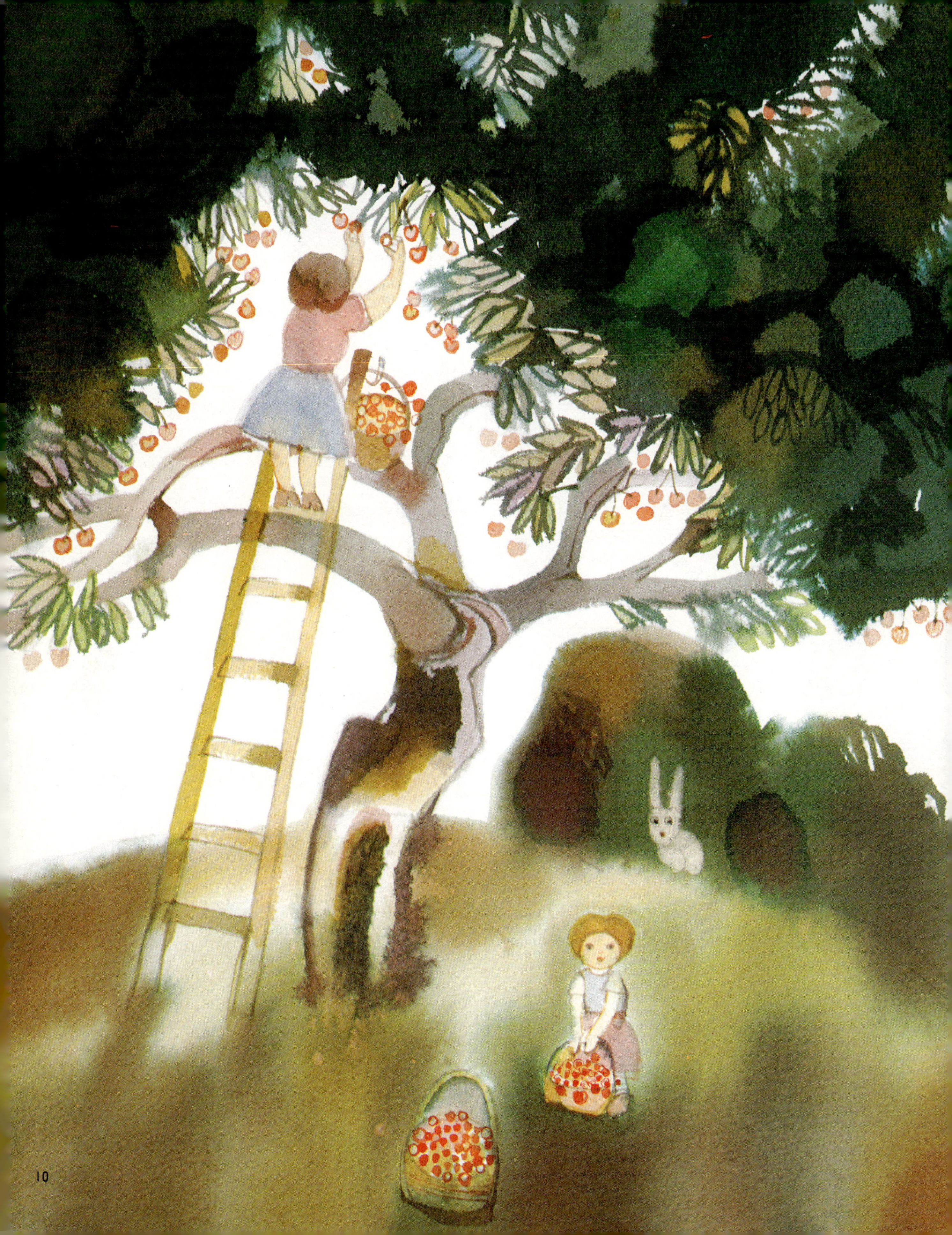

Nachdem die Kirschen reif geworden sind, beginnt die Mutter sie zu pflücken, und Susi hilft ihr dabei. Bald sind die Körbe voll.
Ein Kaninchen wagt sich neugierig aus dem Gebüsch hervor.

Susis Mutter kocht die Kirschen in Gläsern ein. So kann man das ganze Jahr über davon essen, wann immer man mag.
Susi macht es Spaß, der Mutter beim Einmachen zu helfen. Ein besonders trecher Vogel holt sich schnell noch zwei Kirschen, die auf dem Fensterbrett liegen.

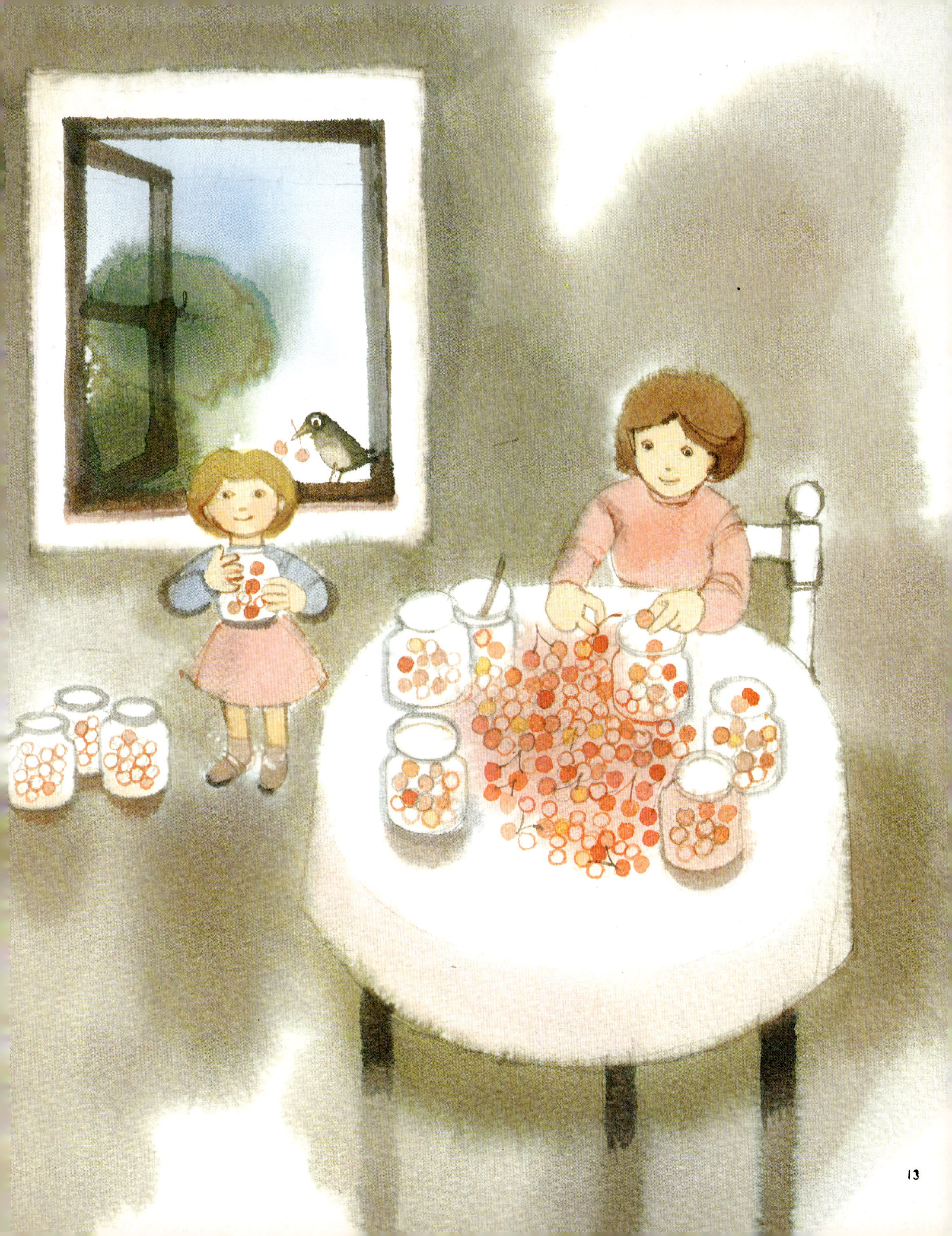

Langsam wird es Herbst. Die ersten kühlen Winde wehen durch das Land. Wenn Susi zum Spielen hinausgeht, muß sie sich ein wärmeres Kleid anziehen.
Eine große schimmernde Libelle fliegt über den Teich, und die Fische tummeln sich munter im Wasser.

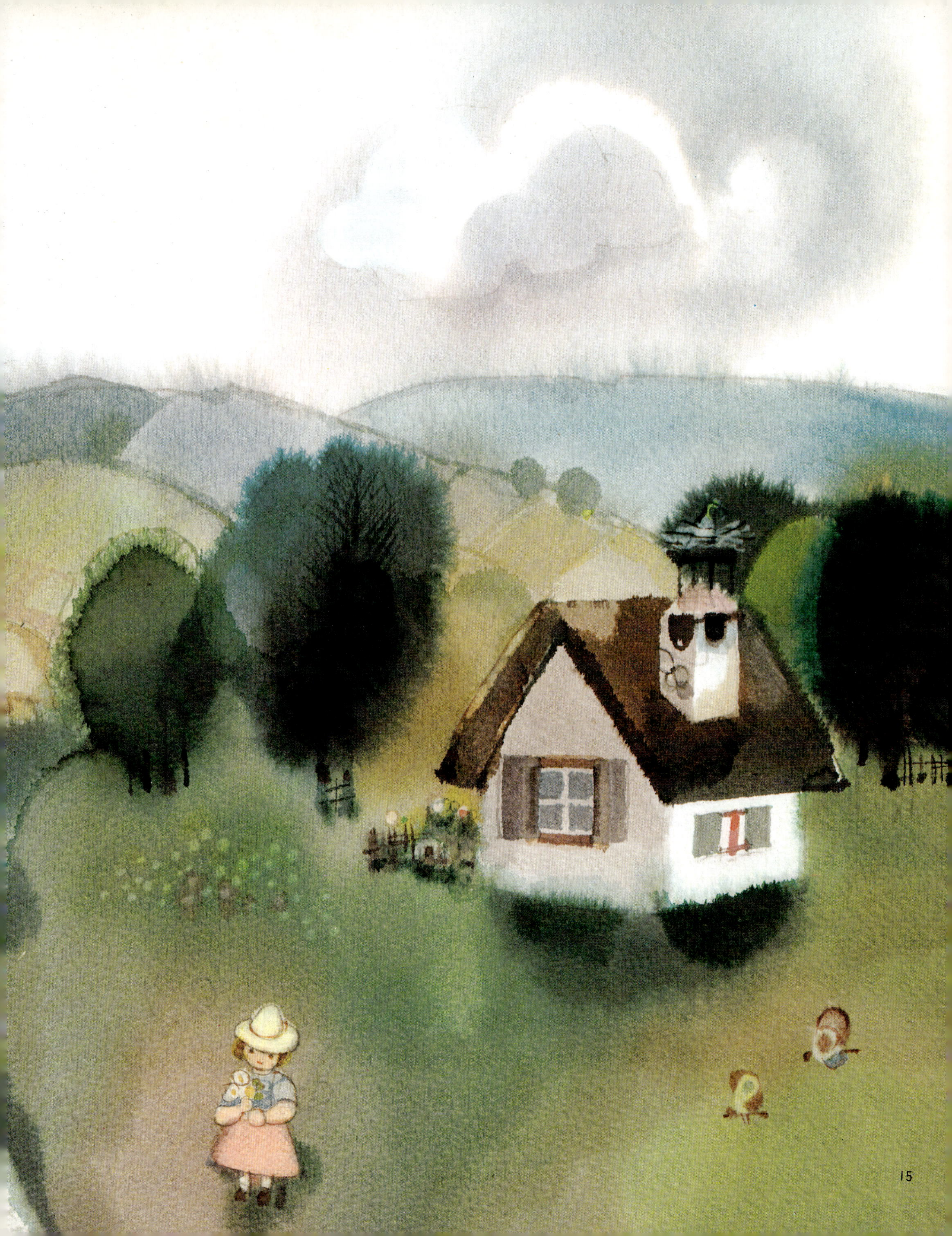

Das Laub auf den Bäumen färbt sich gelb und rot. Es ist Herbst geworden. Susis Mutter hat vom Förster Brennholz gekauft und es an der Hauswand aufgestapelt. Im Winter wird im Kamin damit Feuer gemacht, und dann ist es schön warm im Haus. Susi und ihre Katze spielen jetzt gern auch im Zimmer.

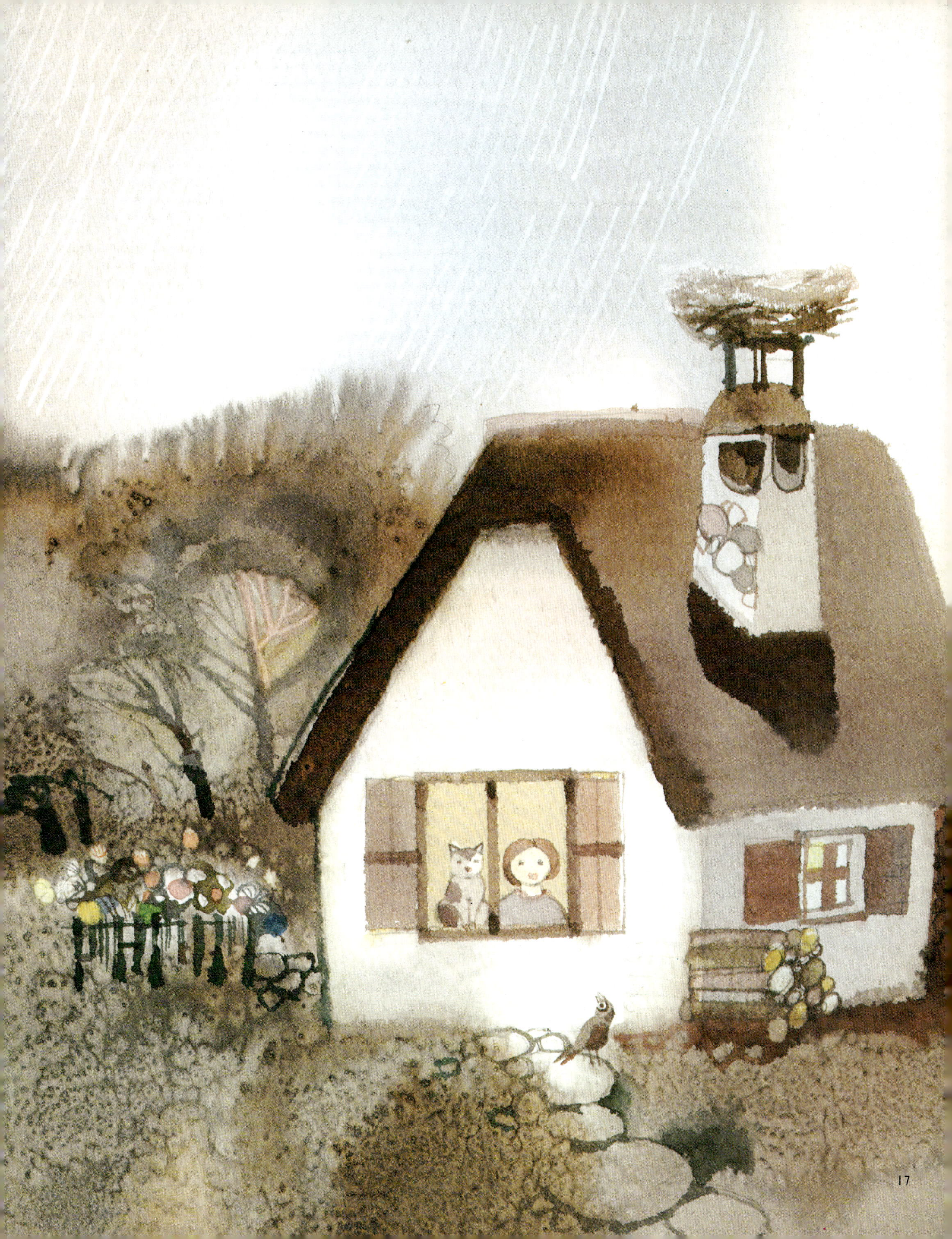

Nun sind schon einige Bäume kahl geworden. Es wird kälter, und die Vögel sammeln sich zum Flug in den warmen Süden. Susi winkt ihnen zu. „Auf Wiedersehen", ruft sie, „kommt nächstes Jahr wieder!" Sie schaut ihnen nach, bis sie nicht mehr zu sehen sind.

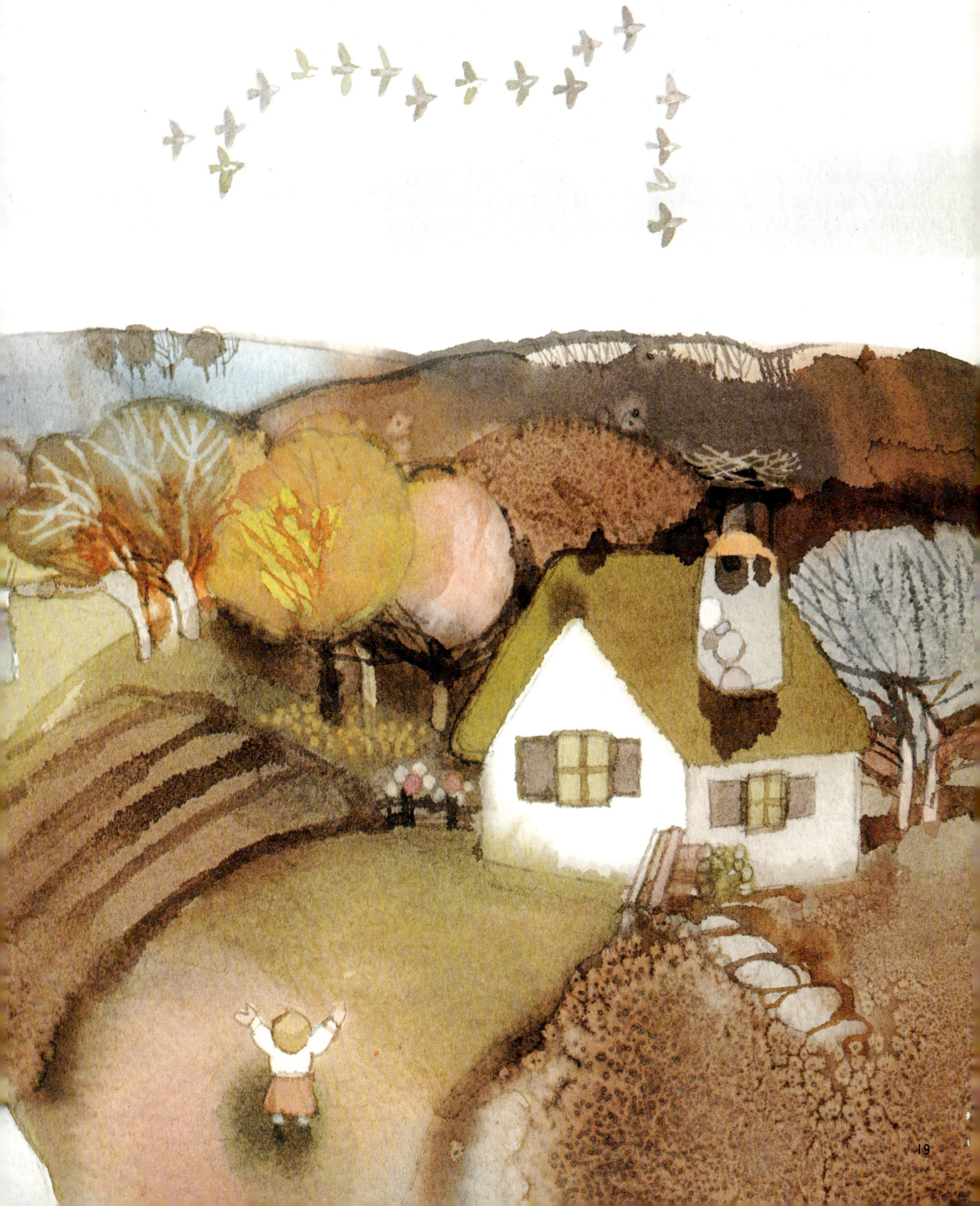

Der Winter ist ins Land gezogen. Susi liegt in ihrem Bett und träumt. Im Traum fliegt sie mit den Vögeln in den warmen Süden. Die Nacht ist ganz still. Leise fängt es an zu schneien. Einer der wenigen Vögel, die geblieben sind, sitzt in den kahlen Ästen vor dem Fenster.

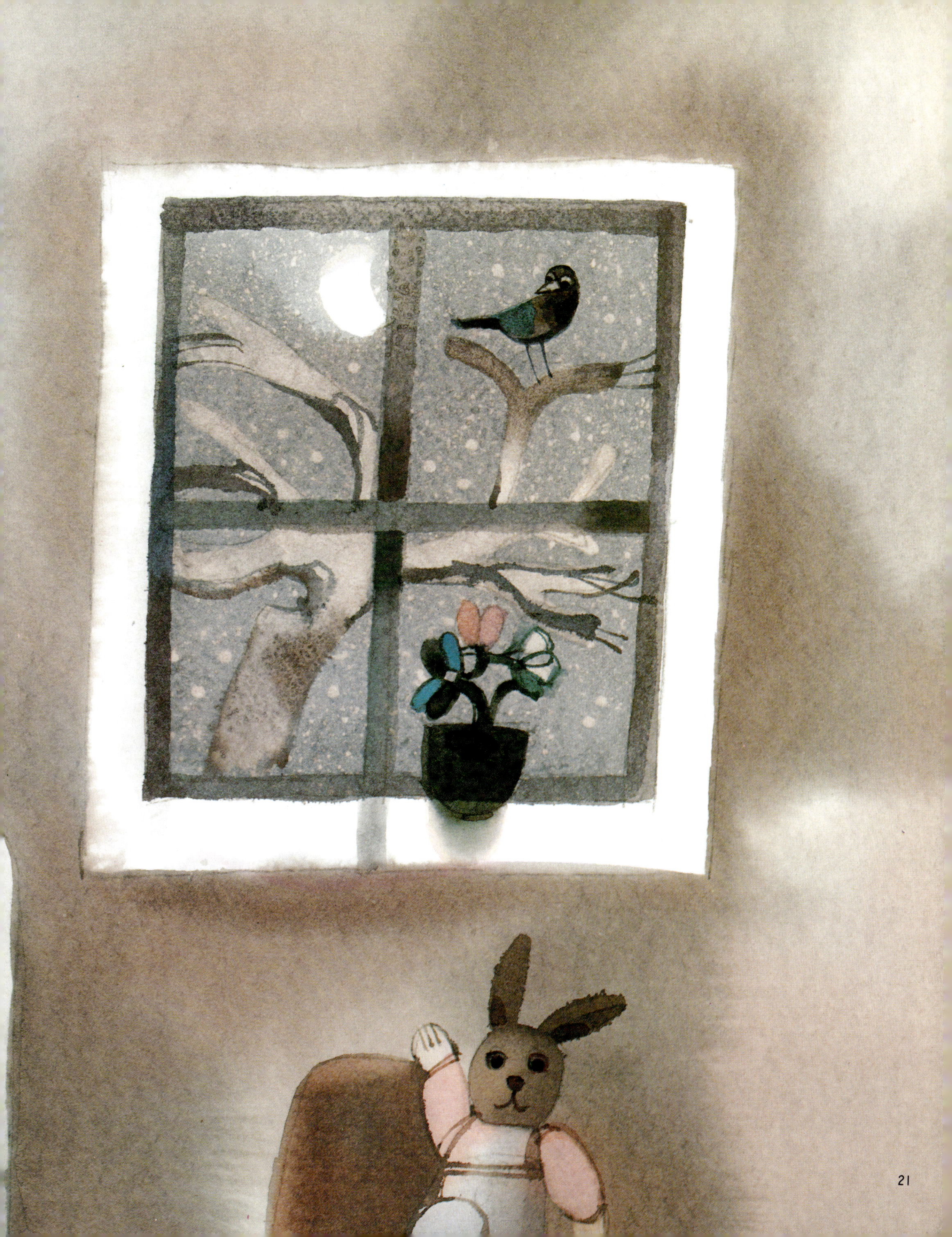

Überall liegt jetzt hoher Schnee. Die Schneeflocken sind wie kleine Blütenblätter und glitzern im hellen Licht. Susi freut sich, wenn ihr eine Schneeflocke auf der Nase zerschmilzt. Doch die armen Vögel haben es schwer, im hohen Schnee noch Futter zu finden.

Ein paar Kinder sind gekommen, um mit Susi einen Schneemann zu bauen. Das ist ein Spaß. Der Schnee liegt so hoch, daß es der größte Schneemann wird, den sie je gebaut haben.

Morgen hat Susi Geburtstag. Die Mutter hat zwei Gläser Kirschen aufgemacht und für Susi einen herrlichen Kuchen gebacken. Sie hat aber auch an die armen Vögel gedacht, die im Winter so schwer Futter finden und oft hungern müssen. Sie hat ihnen in einem Vogelhäuschen Futter hingestreut.

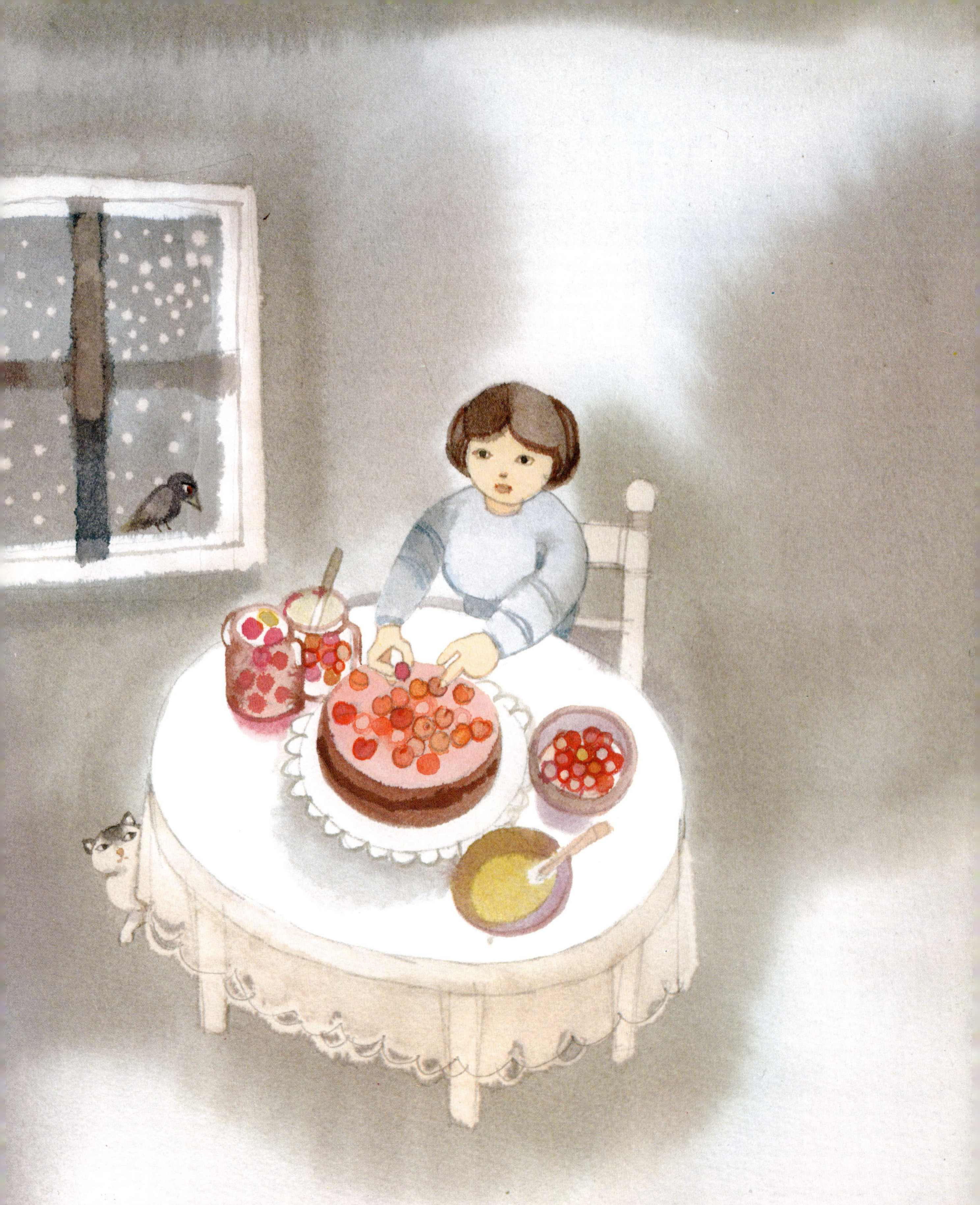

Susi freut sich über den schönen Kirschkuchen. „Werden wir im nächsten Jahr wohl wieder so viele Kirschen pflücken können?" fragt sie. „Bestimmt", sagt der Vater, „auch die Vögel werden aus dem Süden wiederkommen, und wir werden nicht böse sein, wenn auch sie von unseren schönen Kirschen naschen."

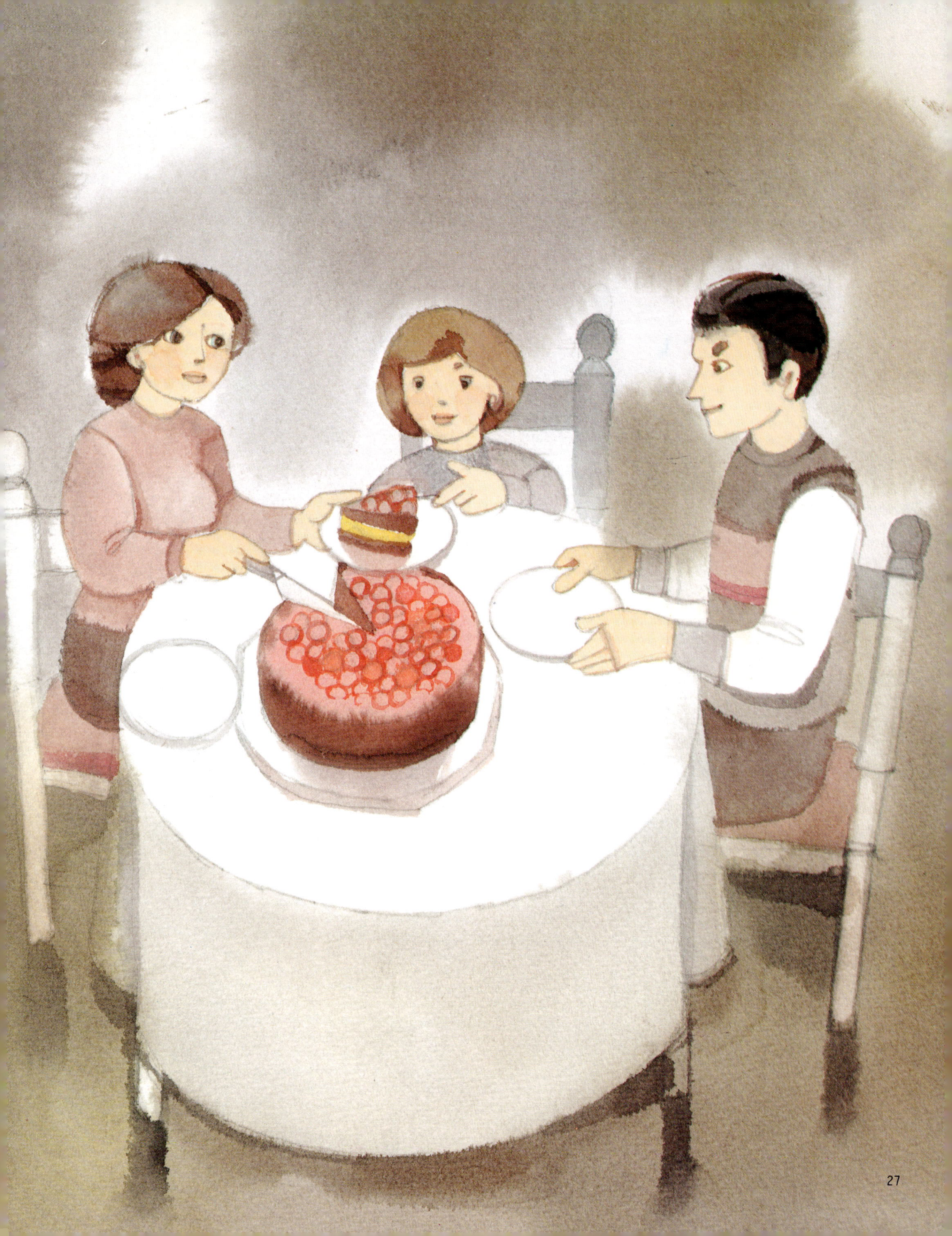

PETERS INTERNATIONAL

unter dieser anspruchsvollen Bezeichnung legt der Dr. Hans Peters Verlag
preiswerte Bilderbücher international bekannter Künstler vor,
sowie Bilderbücher von Illustratoren und Autoren aus zahlreichen
Ländern, deren Qualität eine internationale Verbreitung wünschenswert
erscheinen läßt.

Bisher sind folgende Titel erschienen:
„Schlaf, Kindlein, schlaf" von Sofie Frenzel (Deutschland)
„Widele, wedele" von Sofie Frenzel (Deutschland)
„Der Kirschbaum" von Ivan Gantschev (Bulgarien)
„Babsi und Pipo" von Augustí Asensio Saurí (Spanien)

Weitere Titel sind in Vorbereitung und werden in regelmäßigen
Abständen folgen.

Deutsch von Käthe und Günter Leupold nach einer Idee von Ivan Gantschev
© 1983 by Dr. Hans Peters Verlag · Hanau · Salzburg · Bern, für die deutsche Ausgabe
© by Gakken Co., Ltd., Tokyo für die japanische Ausgabe
Alle Rechte dieser Ausgabe beim Dr. Hans Peters Verlag, Hanau
Printed in Japan
ISBN 3-87627-704-3

Von Ivan Gantschev ist außerdem das Peters-Bilderbuch
„Siri und der Tiger" erschienen.